AFRICAINS, LEVONS-NOUS !

Discours de Patrice Lumumba,
prononcé à Ibadan (Nigeria),
22 mars 1959

suivi de

NOUS PRÉFÉRONS
LA LIBERTÉ

Discours de Sékou Touré,
prononcé face au général de Gaulle,
à Conakry (Guinée), 25 août 1958

et de

LE DEVOIR DE CIVILISER

Discours de Jules Ferry,
à la Chambre des députés,
28 juillet 1885

Éditions Points

Conseiller éditorial : Yves Marc Ajchenbaum

L'éditeur remercie Valérie Kubiak
pour sa contribution.

SOURCES
Pour le texte de Patrice Lumumba : *Textes et Documents*,
n° 123, Ministère des Affaires étrangères, Bruxelles.
Pour le texte de Sékou Touré : webGuinée,
membre webAfrica.
Pour le texte de Jules Ferry :
extrait de www.assemblee-nationale.fr

ISBN 978-2-7578-1999-9

Sommaire

« Africains, levons-nous ! »

Patrice Lumumba, discours prononcé à la séance
de clôture du séminaire international d'Ibadan
(Nigeria), 22 mars 1959

*Trahi, vendu, supplicié et finalement assassiné
au début de l'année 1961, Patrice Lumumba, éphé-
mère leader du premier gouvernement du Congo
indépendant, est toujours une figure mythique de
l'Afrique francophone. Entre Kinshasa (ex-Léopold-
ville) et Kisangani (ex-Stanleyville) comme au-delà
des frontières tracées par le colonisateur, aujourd'hui
encore, « les griots nous chantent Lumumba et l'espé-
rance[1] ». Son âme rôde.*

*Dans ce pays riche en matières premières et grand
comme l'Europe occidentale, dans cet ensemble aux
multiples ethnies et aux quatre cents dialectes, ce
modeste employé des postes engagé dans l'action
syndicale, devenu directeur commercial d'une bras-
serie, rêvait de construire un État uni, un gouvernement fort et centralisé par-delà les chefferies, les
clans et les particularismes.*

En 1959, Lumumba a 34 ans, un physique

---

1. Vers du poète congolais Maxime Ndebeka, in *Soleils
neufs*, Yaoundé, 1969.

longiligne, une certaine élégance et une force de conviction. Son arme c'est la parole, disait de lui le poète antillais Aimé Césaire, « il est l'homme du verbe ». Mais il a aussi une fragilité : un trop-plein d'imagination, « des qualités de poète » qui l'emportent trop loin des réalités immédiates d'un pays sans véritables élites autochtones, qui rêve son émancipation sans l'avoir pensée, sans l'avoir préparée.

Jusque dans les années 1950, le Congo et ses 17 millions d'habitants est pour les Belges « un magnifique gâteau africain ». Le pays est géré comme un « business » dont il faut chaque année accroître la rentabilité. Mais à cause de cette fièvre indépendantiste qui balaye toute l'Afrique depuis la fin de la Seconde Guerre mondiale et s'amplifie à partir de 1957-1958, Bruxelles se rend lentement à l'évidence : il va falloir négocier l'avenir du pays. Et Lumumba veut être de la partie.

Lorsqu'en mars 1959 il se rend à la conférence panafricaine d'Ibadan, au Nigeria, il se voit déjà en chef de file du nouveau Congo. Ses ambitions sont immenses, son discours modéré, son esprit ouvert aux réflexions des autres dirigeants africains. Il séduit. Et c'est en star que le 30 juin 1960, jour de l'indépendance du Congo, il fera son entrée sur la scène politique africaine.

Discours de Patrice Lumumba

Je remercie le Congrès pour la liberté et la culture et l'université d'Ibadan pour l'aimable invitation qu'ils ont bien voulu m'adresser pour assister à cette conférence internationale où l'on discute du sort de notre chère Afrique.

C'est une satisfaction pour moi de rencontrer ici plusieurs ministres africains, des hommes de lettres, des syndicalistes, des journalistes et des personnalités internationales, qui s'intéressent aux problèmes de l'Afrique.

C'est par ces contacts d'homme à homme, par des rencontres de ce genre que les élites africaines pourront se connaître et se rapprocher afin de réaliser cette union qui est indispensable pour la consolidation de l'unité africaine.

En effet, l'unité africaine tant souhaitée aujourd'hui par tous ceux qui se soucient de l'avenir de ce continent, ne sera possible et ne pourra se réaliser que si les hommes politiques et les dirigeants de nos pays respectifs font preuve d'un esprit de solidarité, de concorde et de collaboration fraternelle dans la poursuite du bien commun de nos populations.

C'est pourquoi l'union de tous les patriotes est indispensable, surtout pendant cette période de lutte et de libération. Les aspirations des peuples colonisés et assujettis sont les mêmes ; leur sort est également le même. D'autre part, les buts poursuivis par les mouvements nationalistes, dans n'importe quel territoire africain, sont aussi les mêmes. Ces buts, c'est la libération de l'Afrique du joug colonialiste.

Puisque nos objectifs sont les mêmes, nous atteindrons facilement et plus rapidement ceux-ci dans l'union plutôt que dans la division.

Ces divisions, sur lesquelles se sont toujours appuyées les puissances coloniales pour mieux asseoir leur domination, ont largement contribué – et elles contribuent encore – au suicide de l'Afrique.

Comment sortir de cette impasse ?

Pour moi, il n'y a qu'une voie. Cette voie, c'est le rassemblement de tous les Africains au sein des mouvements populaires ou des partis unifiés.

Toutes les tendances peuvent coexister au sein de ces partis de regroupement national et chacun aura son mot à dire tant dans la discussion des problèmes qui se posent au pays, qu'à la direction des affaires publiques.

Une véritable démocratie fonctionnera à l'intérieur de ces partis et chacun aura la satisfaction d'exprimer librement ses opinions.

Plus nous serons unis, mieux nous résisterons à l'oppression, à la corruption et aux manœuvres de division auxquelles se livrent les spécialistes de la politique du « diviser pour régner ».

Ce souhait d'avoir dans nos jeunes pays des mouvements ou des partis unifiés ne doit pas être interprété comme une tendance au monopole politique ou à une certaine dictature. Nous sommes nous-mêmes contre le despotisme et la dictature.

Je veux attirer l'attention de tous qu'il est hautement sage de déjouer, dès le début, les manœuvres possibles de ceux qui voudraient profiter de nos rivalités politiques apparentes pour nous opposer les uns aux autres et retarder ainsi notre libération du régime colonialiste.

L'expérience démontre que dans nos territoires africains, l'opposition que certains éléments créent au nom de la démocratie n'est pas souvent inspirée par le souci du bien général ; la recherche de la gloriole et des intérêts personnels en est le principal, si pas l'unique mobile.

Lorsque nous aurons acquis l'indépendance de nos pays et que nos institutions démocratiques seront stabilisées, c'est à ce moment-là seulement que pourrait se justifier l'existence d'un régime politique pluraliste.

L'existence d'une opposition intelligente, dynamique et constructive est indispensable afin d'équilibrer la vie politique et administrative du gouvernement au pouvoir. Mais ce moment ne semble pas encore venu et ce serait desservir le pays que de diviser aujourd'hui nos efforts.

Tous nos compatriotes doivent savoir qu'ils ne serviront pas l'intérêt général du pays dans des divisions ou en favorisant celles-ci, ni non plus dans la balkanisation de nos pays en de petits États faibles. [...]

Préconiser l'unité africaine et détruire les bases mêmes de cette unité, n'est pas souhaiter l'unité africaine.

Dans la lutte que nous menons pacifiquement aujourd'hui pour la conquête de notre indépendance, nous n'entendons pas chasser les Européens de ce continent ni nous accaparer de leurs biens ou les brimer. Nous ne sommes pas des pirates.

Nous avons au contraire, le respect des personnes et le sens du bien d'autrui.

Notre seule détermination – et nous voudrions que l'on nous comprenne – est d'extirper le colonialisme et l'impérialisme de l'Afrique. Nous avons longtemps souffert et nous voulons respirer aujourd'hui l'air de la liberté. Le Créateur nous a donné cette portion de la terre qu'est le continent africain ; elle nous appartient et nous en sommes les seuls maîtres. C'est notre droit de faire de ce continent un continent de la justice, du droit et de la paix.

L'Afrique tout entière est irrésistiblement engagée dans une lutte sans merci contre le colonialisme et l'impérialisme. Nous voulons dire adieu à ce régime d'assujettissement et d'abâtardissement qui nous a fait tant de tort. Un peuple qui en opprime un autre n'est pas un peuple civilisé et chrétien.

L'Occident doit libérer l'Afrique le plus rapidement possible. L'Occident doit faire aujourd'hui son examen de conscience et reconnaître à chaque territoire colonisé son droit à la liberté et à la dignité.

Si les gouvernements colonisateurs comprennent à temps nos aspirations, alors nous pactiserons avec eux, mais s'ils s'obstinent à considérer l'Afrique comme leur possession, nous serons obligés de considérer les colonisateurs comme ennemis de notre émancipation.

Dans ces conditions, nous leur retirerons avec regret notre amitié.

Je me fais le devoir de remercier ici publiquement tous les Européens qui n'ont ménagé aucun effort pour aider nos populations à s'élever. L'humanité tout entière leur saura gré pour la magnifique œuvre d'humanisation et d'émancipation qu'ils sont en train de réaliser dans certaines parties de l'Afrique.

Nous ne voulons pas nous séparer de l'Occident, car nous savons bien qu'aucun peuple au monde ne peut se suffire à lui-même. Nous sommes partisans de l'amitié entre les races, mais l'Occident doit répondre à notre appel.

Les Occidentaux doivent comprendre que l'amitié n'est pas possible dans les rapports de sujétion et de subordination.

Les troubles qui éclatent actuellement dans certains territoires africains et qui éclateront encore ne prendront fin que si les puissances administratives mettent fin au régime colonial. C'est la seule voie possible vers une paix et une amitié réelles entre les peuples africains et européens.

Nous avons impérieusement besoin de l'apport financier, technique et scientifique de l'Occident en vue du rapide développement économique et de la stabilisation de nos sociétés.

Mais les capitaux dont nos pays ont besoin doivent s'investir sous forme d'entraide entre les nations. Les gouvernements nationaux donneront toutes les garanties voulues à ces capitaux étrangers.

Les techniciens occidentaux auxquels nous faisons un pressant appel viendront en Afrique non pour nous dominer mais bien pour servir et aider nos pays.

Les Européens doivent savoir et se pénétrer de cette idée que le mouvement de libération que nous menons aujourd'hui à travers toute l'Afrique n'est pas dirigé contre eux, ni contre leurs biens, ni contre leur personne, mais simplement et uniquement, contre le régime d'exploitation et d'asservissement que nous ne voulons plus supporter. S'ils acceptent de mettre immédiatement fin à ce régime instauré par leurs prédécesseurs, nous vivrons avec eux en amis, en frères.

Un double effort doit être fait pour hâter l'industrialisation de nos régions et le développement économique du pays. Nous adressons un appel aux pays amis afin qu'ils nous envoient beaucoup de capitaux et de techniciens.

Le sort des travailleurs noirs doit aussi être sensiblement amélioré. Les salaires dont ils jouissent actuellement sont nettement insuffisants. Le paupérisme dans lequel vivent les classes laborieuses est à la base de beaucoup de conflits sociaux que l'on rencontre actuellement dans nos pays. À ce sujet, les syndicats ont un grand rôle à jouer, rôle de défenseurs et d'éducateurs. Il ne suffit pas seulement de revendiquer l'augmentation des salaires, mais il est aussi d'un grand intérêt d'éduquer les travailleurs afin qu'ils prennent conscience de leurs obligations professionnelles, civiques et sociales, et qu'ils aient également une juste notion de leurs droits.

Sur le plan culturel, les nouveaux États africains doivent faire un sérieux effort pour développer la culture africaine. Nous avons une culture propre, des valeurs morales et artistiques inestimables, un code de savoir-vivre et des modes de vie propres. Toutes ces beautés africaines doivent être développées et préservées avec jalousie. Nous prendrons dans la civilisation occidentale ce qui est bon et beau et rejetterons ce qui ne nous convient pas. Cet amalgame de civilisation africaine et européenne donnera à l'Afrique une civilisation d'un type nouveau, une civilisation authentique correspondant aux réalités africaines. [...]

Nous tendons une main fraternelle à l'Occident. Qu'il nous donne aujourd'hui la preuve du principe de l'égalité et de l'amitié des races que ses fils nous ont toujours enseigné sur les bancs de l'école, principe inscrit en grands caractères dans la Déclaration universelle des droits de l'homme. Les Africains doivent jouir, au même titre que tous les autres citoyens de la famille humaine, des libertés fondamentales inscrites dans cette Déclaration et des droits proclamés dans la Charte des Nations unies.

La période des monopoles des races est révolue.

La solidarité africaine doit se concrétiser aujourd'hui dans les faits et dans les actes. Nous devons former un bloc pour prouver au monde notre fraternité. [...]

L'Afrique ne sera vraiment libre et indépendante tant qu'une partie quelconque de ce continent restera sous la domination étrangère.

Je conclus mon intervention par ce vibrant appel : Africains, levons-nous !

Africains, unissons-nous !

Africains, marchons main dans la main avec ceux qui veulent nous aider pour faire de ce beau continent un continent de la liberté et de la justice.

Chronologie*

2 juillet 1925 : Naissance de Patrice Lumumba dans la province du Kasaï.

1952 : Responsable syndical, il collabore à plusieurs périodiques et anime des cercles culturels.

Octobre 1958 : Cofondateur du Mouvement national congolais (MNC), premier parti *supra*-ethnique du Congo.

Novembre 1959 : *Émeutes nationalistes à Stanleyville et Élisabethville.* Patrice Lumumba est arrêté et condamné. Il sera libéré le 24 janvier 1960, pour se rendre à Bruxelles où se tient une table ronde entre les autorités belges et les différents mouvements nationalistes afin de préparer l'indépendance du Congo.

30 juin 1960 : *Proclamation de l'indépendance. L'ex-Congo belge devient la République du Congo.*

Juillet 1960 : *Des soldats congolais se mutinent contre l'encadrement blanc, les Européens commencent à quitter le pays.*

---

* Les événements historiques sont présentés en italiques.

11 juillet 1960 : *Sécession de la région du Katanga sous la direction de Moïse Tshombé et avec la complicité de l'armée belge.*

14 juillet 1960 : *Le Congo rompt ses relations diplomatiques avec la Belgique.*

Août 1960 : *Sécession de l'État minier du Sud Kasaï. Les massacres inter-ethniques prennent de l'importance. Une guerre civile commence, les dirigeants nationalistes sont eux-mêmes divisés.*

12 septembre 1960 : Lumumba, arrêté puis libéré sur intervention d'une partie de l'armée, réclame à l'ONU une aide militaire pour stabiliser le pays, empêcher les sécessions et enrayer les guerres tribales.

14 septembre 1960 : *Le colonel Mobutu, ancien ami et collaborateur de Lumumba, organise un coup d'État.*

10 octobre 1960 : Lumumba est en résidence forcée à Léopoldville. Il est protégé par les troupes de l'ONU, elles-mêmes encerclées par les commandos du colonel Mobutu.

27-28 novembre 1960 : Lumumba réussit à s'évader, mais rattrapé dans sa fuite, il est de nouveau arrêté et ramené à Léopoldville en décembre.

17 janvier 1961 : Un avion le transporte avec ses compagnons à Élisabethville, au cœur du Katanga. Là, il est torturé par les gendarmes katangais encadrés par des soldats belges, puis assassiné.

13 février 1961 : Confirmation officielle de la mort de Patrice Lumumba.

« Nous préférons la liberté »

Sékou Touré, discours prononcé
devant le général de Gaulle, 25 août 1958

L'assemblée territoriale guinéenne est pleine à craquer ; dans ce bâtiment disgracieux en forme de hangar construit par le colonisateur français, dans la moiteur de la chaleur d'août, Sékou Touré, député maire de Conakry et dirigeant incontesté du mouvement indépendantiste guinéen, commence son discours. Il connaît son influence sur la jeunesse et joue avec les croyances populaires pour apparaître en nouveau messie venu sauver la Guinée.

Ce 25 août 1958, dans son ample ensemble d'un blanc immaculé, il a choisi le registre de l'envolée passionnée, et la salle vibre à l'unisson. Mais au-delà de cette mise en scène parfaite, le leader du panafricanisme exprime surtout les aspirations de cette jeune élite africaine bouillonnante qui rêve d'un continent fort et qui craint par-dessus tout la balkanisation de l'Afrique, son éclatement en de multiples micro-États peu viables économiquement et toujours dépendants du monde occidental, de l'ex-colonisateur.

Face à Sékou Touré se tient le général de Gaulle, en tournée en Afrique francophone. Il est alors le

président du Conseil d'une IVe République mori-
bonde et, surtout, il est le maître d'œuvre d'une
nouvelle Constitution pour la France, qui verra le
jour quelques semaines plus tard, et doit organiser
les relations avec ses anciennes colonies. De Gaulle
écoute mais connaît déjà la teneur du discours du
dirigeant africain : celui-ci veut une indépendance
totale de la Guinée et une relation avec la France
sur un pied de stricte égalité. Pour l'homme du
18 juin, c'est impossible et non négociable. La
Guinée peut accepter ou non de participer, dans le
cadre de la nouvelle Ve République, à la construc-
tion d'une communauté franco-africaine dessinée
par la France. Si elle refuse... La France retirera
immédiatement ses cadres administratifs et mili-
taires du pays, puis tous ses fonctionnaires. Elle
abandonnera la Guinée à son sort. C'est ce qu'elle
fit dès le 29 septembre 1958. La veille, la Guinée
avait voté à une très large majorité contre le projet
gaulliste.

Discours de Sékou Touré

Monsieur le Président du gouvernement de la République française,

Dans la vie des nations et des peuples, il y a des instants qui semblent déterminer une part décisive de leur destin ou qui, en tout cas, s'inscrivent au registre de l'histoire en lettres capitales autour desquelles les légendes s'édifient. [...]

Monsieur le Président, vous venez en Afrique précédé du double privilège d'appartenir à une légende glorieuse qui magnifie la victoire de la liberté sur l'asservissement et d'être le premier chef du gouvernement de la République française à fouler le sol de Guinée.

Votre présence parmi nous symbolise non seulement la Résistance qui a vu le triomphe de la raison sur la force, la victoire du bien sur le mal, mais elle représente aussi, et je puis même dire surtout, un nouveau stade, une autre période décisive, une nouvelle phase d'évolution. Comment le peuple africain ne serait-il pas sensible à ces augures, lui qui vit quotidiennement dans l'espoir de voir sa dignité reconnue, et renforce de plus en plus sa volonté d'être égal aux meilleurs ?

La valeur de ce peuple, Monsieur le Président, vous la connaissez sans doute mieux que nul autre, pour en avoir été juge et témoin aux heures les plus difficiles que la France ait jamais connues. Cette période exceptionnelle à l'issue de laquelle la liberté devait resurgir avec un éclat nouveau, une force décuplée, est marquée par l'homme d'Afrique d'une manière toute particulière, puisqu'il a, au cours de la dernière guerre mondiale, rallié, sans justification apparente, la cause de la liberté des peuples et de la dignité humaine.

À travers les vicissitudes de l'histoire, chaque peuple s'achemine vers ses propres lumières, agit selon ses caractéristiques particulières et en fonction de ses principales aspirations sans qu'apparaissent nécessairement les mobiles réels qui le font agir. Notre esprit, pourtant rompu à la logique implacable des moyens et des fins, ainsi qu'aux dures disciplines des réalités quotidiennes, est constamment attiré par les grandes nécessités de l'élévation et de l'émancipation humaines.

L'épanouissement des valeurs de l'Afrique est freiné, moins à cause de ceux qui les ont façonnées, qu'à cause des structures économiques et politiques héritées du régime colonial en déséquilibre avec ses aspirations d'avenir. C'est pourquoi nous voulons corriger, non par des réformes timides et partielles, mais fondamentalement, ces structures afin que le mouvement de nos sociétés suive la ligne ascendante d'une constante évolution, d'un perpétuel perfectionnement.

Le progrès est en effet une création continue, un développement ininterrompu vers le mieux, pour le meilleur. Étape après étape, les sociétés et les peuples élargissent et consolident leur droit au bonheur, leurs titres de dignité, et développent leur contribution au patrimoine économique et culturel du monde entier.

L'Afrique noire n'est pas différente en cela de toute autre société ou de tout autre peuple. Selon nos voies propres, nous entendons nous acheminer vers notre bonheur et cela avec d'autant plus de volonté et de détermination que nous connaissons la longueur du chemin que nous avons à parcourir.

La Guinée n'est pas seulement cette entité géographique que les hasards de l'histoire ont délimitée suivant les données de sa colonisation par la France, c'est aussi une part vive de l'Afrique, un morceau de ce continent qui palpite, sent, agit et pense à la mesure de son destin singulier. [...]

À travers le désordre moral dû au fait colonial et à travers les contradictions profondes qui divisent le monde, nous devons taire les pensées idéales afin de serrer au plus près les possibilités réelles, les moyens efficaces et immédiatement utilisables ; nous devons nous préoccuper des conditions exactes de nos populations afin de leur apporter les éléments d'une indispensable évolution, sans laquelle le mieux-être qu'elles prétendent légitimement obtenir ne pourrait être créé.

Si nous ne nous employions pas à cette tâche, nous n'aurions aucune raison de vouloir remplir les fonctions dont nous avons la charge, aucun droit à la confiance de nos populations. C'est parce que nous nous interdisons de confisquer à notre profit la souveraineté des populations guinéennes, que nous devons vous dire sans détour, Monsieur le Président du Conseil, les exigences de ces populations pour qu'avec elles, soient recherchées les voies les meilleures de leur émancipation totale.

Le privilège d'un peuple pauvre est que le risque que courent ses entreprises est mince, et les dangers qu'il encourt sont moindres. Le pauvre ne peut prétendre qu'à s'enrichir et rien n'est plus naturel que de vouloir effacer toutes les inégalités et toutes les injustices. Ce besoin d'égalité et de justice nous le portons d'autant plus profondément en nous, que nous avons été plus durement soumis à l'injustice et à l'inégalité.

[...] Nous avons, quant à nous, un premier et indispensable besoin, celui de notre dignité. Or, il n'y a pas de dignité sans liberté, car tout assujettissement, toute contrainte imposée et subie dégrade celui sur qui elle pèse, lui retire une part de sa qualité d'homme et en fait arbitrairement un être inférieur. Nous préférons la pauvreté dans la liberté à l'opulence dans l'esclavage. Ce qui est vrai pour l'homme l'est autant pour les sociétés et les peuples.

C'est ce souci de dignité, cet impérieux besoin de liberté qui devait susciter aux heures sombres de la France les actes les plus nobles, les sacrifices les plus grands et les plus beaux traits de courage. La liberté, c'est le privilège de tout homme, le droit naturel de toute société ou de tout peuple, la base sur laquelle les États africains s'associeront à la République française et à d'autres États pour le développement de leurs valeurs et de leurs richesses communes. [...]

Notre option fondamentale qui, à elle seule, conditionne les différents choix que nous allons effectuer, réside dans la décolonisation intégrale de l'Afrique : ses hommes, son économie, son organisation administrative, et, en vue de bâtir une communauté franco-africaine solide et dont la pérennité sera d'autant plus garantie qu'elle n'aura plus dans son sein des phénomènes d'injustice, de discrimination ou toute cause de dépersonnalisation et d'indignité.

[...] Notre cœur, notre raison, en plus de nos intérêts les plus évidents, nous font choisir, sans hésitation, l'interdépendance et la liberté dans cette union, plutôt que de nous définir sans la France et contre la France. Et c'est en raison de cette orientation politique que nos exigences doivent être toutes connues pour que leur discussion soit facilitée au maximum.

D'aucuns en parlant des rapports franco-africains situent leur raisonnement dans le domaine économique et social exclusivement, et concluent fatalement, compte tenu du grand retard des pays sous-développés d'Afrique, par l'apologie de l'action coloniale de la France. Ces hommes oublient qu'au-dessus de l'économique et du social il y a une valeur autrement plus importante, qui oriente et détermine le plus souvent l'action des hommes d'Afrique ;

cette valeur supérieure réside essentiellement dans la conscience qu'apportent les hommes d'Afrique à la lutte politique, tendant à sauvegarder leur dignité et leur originalité et libérer totalement leur personnalité. [...]

Aujourd'hui, en raison de l'évolution de la situation internationale et surtout du gigantesque progrès du mouvement de décolonisation dans les pays dépendants, nous pouvons affirmer que la force militaire dirigée contre la liberté d'un pays ne peut plus garantir ni le prestige, ni les intérêts d'une métropole. Le rayonnement de la France, la garantie et le développement de ses intérêts en Afrique ne sauraient désormais résulter que de l'association libre des pays d'outre-mer.

L'action économique et culturelle de la France demeure encore indispensable à l'évolution harmonieuse et rapide des territoires d'outre-mer. C'est en fonction de ces leçons du passé et des impératifs de cette évolution nécessaire, de ce progrès général irréversible déjà accompli, de la ferme volonté des peuples d'outre-mer à accéder à la totale dignité nationale excluant définitivement toutes les séquelles de l'ancien régime colonial, que nous ne cessons, dans le cadre d'une communauté franco-africaine égalitaire et juste, de proclamer la reconnaissance mutuelle et l'exercice effectif du droit à l'indépendance des peuples d'outre-mer. [...]

Nous acceptons volontairement certains abandons de souveraineté au profit d'un ensemble plus vaste parce que nous espérons que la confiance placée dans le peuple français et notre participation effective au double échelon législatif et exécutif de cet ensemble sont autant de garantie et de sécurité pour nos intérêts moraux et matériels.

Nous ne renonçons pas et ne renoncerons jamais à notre droit légitime et naturel à l'indépendance car, à l'échelon franco-africain nous entendons exercer souverainement ce droit. Nous ne confondons pas non plus la jouissance de ce droit à l'indépendance avec la sécession d'avec la France, à laquelle nous entendons rester liés et collaborer à l'épanouissement de nos richesses communes.

Le projet de Constitution ne doit pas s'enfermer dans la logique du régime colonial qui a fait juridiquement de nous des citoyens français, et de nos territoires, une partie intégrante de la République française une et indivisible. Nous sommes africains et nos territoires ne sauraient être une partie de la France. Nous serons citoyens de nos États africains, membres de la communauté franco-africaine.

En effet, la République française, dans l'association franco-africaine, sera un élément tout comme les États africains seront également des éléments constitutifs de cette grande communauté multinationale composée d'États libres et égaux.

Dans cette association avec la France, nous viendrons en peuples libres et fiers de leur personnalité et de leur originalité, en peuples conscients de leur apport au patrimoine commun, enfin en peuples souverains participant par conséquent à la discussion et à la détermination de tout ce qui, directement ou indirectement, doit conditionner leur existence. La qualité ou plutôt la nouvelle nature des rapports entre la France et ses anciennes colonies devra être déterminée sans paternalisme et sans duperie.

En disant « non » de manière catégorique à tout aménagement du régime colonial et à tout esprit paternaliste, nous entendons ainsi sauver dans le temps et dans l'espace les engagements qui seront conclus par la nouvelle communauté franco-africaine. En dehors de tout sentiment de révolte, nous sommes des participants résolus et conscients à une évolution politique en Afrique noire, condition essentielle à la reconversion de tout l'acquis colonial vers et pour les populations africaines.

[...] Les territoires actuels de l'AOF et de l'AEF[1] ne doivent pas être des entités définitives. L'immense majorité des populations intéressées veut substituer aux actuelles entités AOF-Togo et AEF deux États puissants fraternellement unis à la France. Des considérations humaines et sociales autant qu'économiques et politiques plaident en faveur de la Constitution de ces États qui seront dotés de parlements et de gouvernements démocratiques.

Ces grandes perspectives qui vont pouvoir accélérer l'histoire de nos pays, en leur permettant de transcender les particularismes et les égoïsmes ou plutôt leurs contradictions internes, demeurent pour notre génération la voie la plus sûre, la plus directe qui aboutit à la paix et au bonheur.

[...] Pour résumer la position guinéenne vis-à-vis du projet de Constitution qui fera l'objet du référendum du 28 septembre, nous affirmons qu'elle ne sera favorable qu'à condition que la Constitution proclame :

Le droit à l'indépendance et à l'égalité juridique des peuples associés, droit qui équivaut à la liberté pour ces peuples de se doter d'institu-

---

1. Afrique occidentale française et Afrique équatoriale française.

tions de leur choix et d'exercer dans l'étendue de leurs États et au niveau de leur ensemble, leur pouvoir d'autodétermination et d'autogestion ;

Le droit de divorce sans lequel le mariage franco-africain pourra être considéré, dans le temps comme une construction arbitraire imposée aux générations montantes ;

La solidarité agissante des peuples et des États associés afin d'accélérer et d'harmoniser leur évolution.

Dans l'intérêt bien compris des peuples d'outre-mer et de la France, nous osons penser, Monsieur le Président, que votre gouvernement saura proposer au référendum un projet de Constitution tenant compte, non pas des conceptions juridiques basées sur un régime impopulaire, mais seulement des exigences exprimées par des peuples mûrs, tous solidairement et fermement décidés de se construire un destin de liberté, de dignité et de solidarité fraternelle pour la communauté multinationale que sera l'association de nos États, pour l'unité et l'émancipation de l'Afrique.

Vive la Guinée ! Vive la France !

Chronologie*

1880-1900 : *La France s'installe en Guinée en jouant principalement sur les dissensions entre chefs locaux.*

1900-1912 : *Forte résistance à la colonisation et répression violente.*

1919 ou 1922 : Naissance de Sékou Touré au sein d'une famille musulmane modeste de l'ethnie malinké.

1940 : Il est employé de bureau.

1945 : Sékou Touré participe à la création du syndicat des travailleurs des PTT et organise la première grève du personnel des postes.

Cofondateur de la Fédération des unions ouvrières de Guinée. Une organisation affiliée à la Fédération syndicale mondiale proche du mouvement communiste international.

1951 : Dirige le Parti démocrate de Guinée.

1955 : Maire de Conakry.

20-26 août 1958 : Voyage du général de Gaulle en Afrique francophone et à Madagascar.

---

* Les événements historiques sont présentés en italiques.

Le 25, il rencontre Sékou Touré à Conakry.

Septembre 1958 : *Onze territoires sur douze des anciennes colonies françaises acceptent, par référendum, l'établissement d'une Communauté franco-africaine. Seule la Guinée refuse le projet.*

2 octobre 1958 : *La République de Guinée est proclamée. Paris rompt presque totalement avec elle. L'on voit apparaître les premiers signes d'une aide soviétique qui deviendra très importante au fil des années.*

1ᵉʳ novembre 1958 : *La Grande-Bretagne et les États-Unis reconnaissent la Guinée.*

Sékou Touré crée une union avec le Ghana. Une étape, annonce-t-il, vers les États unis d'Afrique.

Juillet 1958 : *Le général de Gaulle remet leurs drapeaux aux treize chefs des gouvernements de la Communauté et inaugure le Sénat de la Communauté.*

21 décembre 1958 : *De Gaulle est élu président de la République française et de la Communauté.*

1961 : Sékou Touré organise un pouvoir fort avec parti unique. Il est devenu le « responsable suprême de la Révolution ».

1978 : *La Guinée devient « République populaire révolutionnaire ».*

1982 : *Élaboration de la IIᵉ Constitution guinéenne. Le droit d'association n'est plus reconnu.*

26 mars 1984 : Décès de Sékou Touré. Le régime est renversé.

« Le devoir de civiliser »

Jules Ferry, discours prononcé à la Chambre
des députés, 28 juillet 1885

En cette année 1885, l'avenir politique de Jules Ferry se joue le long de la frontière sino-vietnamienne, à Lang Son. L'armée française, dans sa longue conquête du Tonkin, vient d'être écrasée par les forces chinoises qui défendent leur pré carré. À Paris, la droite nationaliste manifeste dans les rues pour condamner « Ferry le Tonkinois » et son gouvernement qui verse le sang de la France loin de ses frontières au lieu de préparer la revanche contre l'Allemagne de Bismarck. À gauche, les radicaux, menés par Georges Clemenceau, condamnent le principe même de la colonisation, sa violence et ses morts. Mais ils craignent, eux aussi, de voir l'armée française se perdre dans des contrées lointaines et détourner son regard de la « ligne bleue des Vosges » et des bords du Rhin. L'humiliante défaite militaire de 1870 est toujours dans les esprits, l'idée de revanche très présente. La conquête coloniale n'est donc pas populaire et, à l'Assemblée nationale, le gouvernement, mis en minorité, démissionne.

Mais le débat autour de la construction d'un vaste Empire français n'en continue pas moins. Jules Ferry, redevenu simple député, continue son action en faveur de la colonisation, au nom de la place de la France dans le monde. Ce 28 juillet 1885, il monte à la tribune de l'Assemblée nationale pour soutenir l'octroi de crédits extraordinaires afin de financer une expédition à Madagascar. Comme il a défendu la mise en œuvre de l'école publique gratuite, obligatoire et laïque, il bataille pour la conquête coloniale. C'est son combat et il est urgent : toutes les autres puissances européennes, y compris l'Allemagne, les États-Unis et même le Japon, sont déjà engagées dans une politique d'expansion. La France républicaine doit être présente.

L'opinion publique restera longtemps indifférente sinon hostile. Elle ne veut pas voir ses enfants, les appelés du contingent, mourir dans ces contrées exotiques. Et Jules Ferry ne retrouvera jamais de responsabilités gouvernementales.

Discours de Jules Ferry

M. Jules Ferry. Messieurs, je suis confus de faire un appel aussi prolongé à l'attention bienveillante de la Chambre, mais je ne crois pas remplir à cette tribune une tâche inutile. Elle est laborieuse pour moi comme pour vous, mais il y a, je crois, quelque intérêt à résumer et à condenser, sous forme d'arguments, les principes, les mobiles, les intérêts divers qui justifient la politique d'expansion coloniale, bien entendu, sage, modérée et ne perdant jamais de vue les grands intérêts continentaux qui sont les premiers intérêts de ce pays.

Je disais, pour appuyer cette proposition, à savoir qu'en fait, comme on le dit, la politique d'expansion coloniale est un système politique et économique, je disais qu'on pouvait rattacher ce système à trois ordres d'idées ; à des idées économiques, à des idées de civilisation de la plus haute portée et à des idées d'ordre politique et patriotique.

Sur le terrain économique, je me suis permis de placer devant vous, en les appuyant de quelques chiffres, les considérations qui justifient la politique d'expansion coloniale au point de vue de ce besoin de plus en plus impérieusement senti par les populations industrielles de l'Europe et particulièrement de notre riche et laborieux pays de France, le besoin de débouchés.

Est-ce que c'est quelque chose de chimérique ? est-ce que c'est une vue d'avenir, ou bien n'est-ce pas un besoin pressant, et on peut dire le cri de notre population industrielle ? Je ne fais que formuler d'une manière générale ce que chacun de vous, dans les différentes parties de la France, est en situation de constater.

Oui, ce qui manque à notre grande industrie, que les traités de 1860 ont irrévocablement dirigée dans la voie de l'exportation, ce qui lui manque de plus en plus ce sont les débouchés. Pourquoi ? parce qu'à côté d'elle l'Allemagne se couvre de barrières, parce que au-delà de l'océan les États-Unis d'Amérique sont devenus protectionnistes et protectionnistes à outrance ; parce que non seulement ces grands marchés, je ne dis pas se ferment, mais se rétrécissent, deviennent de plus en plus difficiles à atteindre par nos produits industriels parce que ces grands

États commencent à verser sur nos propres marchés des produits qu'on n'y voyait pas autrefois. Ce n'est pas une vérité seulement pour l'agriculture, qui a été si cruellement éprouvée et pour laquelle la concurrence n'est plus limitée à ce cercle des grands États européens pour lesquels avaient été édifiées les anciennes théories économiques ; aujourd'hui, vous ne l'ignorez pas, la concurrence, la loi de l'offre et de la demande, la liberté des échanges, l'influence des spéculations, tout cela rayonne dans un cercle qui s'étend jusqu'aux extrémités du monde. *(Très bien ! très bien !)*

C'est là une grande complication, une grande difficulté économique. [...]

C'est là un problème extrêmement grave.

Il est si grave, messieurs, si palpitant, que les gens moins avisés sont condamnés à déjà entrevoir, à prévoir et se pourvoir pour l'époque où ce grand marché de l'Amérique du Sud, qui nous appartenait de temps en quelque sorte immémorial, nous sera disputé et peut-être enlevé par les produits de l'Amérique du Nord. Il n'y a rien de plus sérieux, il n'y a pas de problème social plus grave ; or, ce programme est intimement lié à la politique coloniale. [...]

Messieurs, il y a un second point, un second ordre d'idées que je dois également aborder, le plus rapidement possible, croyez-le bien : c'est le côté humanitaire et civilisateur de la question.

Sur ce point, l'honorable M. Camille Pelletan[1] raille beaucoup, avec l'esprit et la finesse qui lui sont propres ; il raille, il condamne, et il dit : Qu'est-ce que c'est que cette civilisation qu'on impose à coups de canon ? Qu'est-ce sinon une autre forme de la barbarie ? Est-ce que ces populations de race inférieure n'ont pas autant de droits que vous ? Est-ce qu'elles ne sont pas maîtresses chez elles ? Est-ce qu'elles vous appellent ? Vous allez chez elles contre leur gré ; vous les violentez, mais vous ne les civilisez pas.

Voilà, messieurs, la thèse ; je n'hésite pas à dire que ce n'est pas de la politique, cela, ni de l'histoire : c'est de la métaphysique politique… *(Ah ! ah ! à l'extrême gauche.)*

Voix à gauche. Parfaitement !

M. Jules Ferry… et je vous défie – permettez-moi de vous porter ce défi, mon honorable collègue, monsieur Pelletan –, de soutenir jusqu'au bout votre thèse, qui repose sur l'égalité, la liberté, l'indépendance des races infé-

---

1. Camille Pelletan était membre du parti radical au début du XXe siècle. Il se rallie au Front populaire en 1936.

rieures. Vous ne la soutiendrez pas jusqu'au bout, car vous êtes, comme votre honorable collègue et ami M. Georges Périn, le partisan de l'expansion coloniale qui se fait par voie de trafic et de commerce. [...]

Messieurs, il faut parler plus haut et plus vrai ! il faut dire ouvertement qu'en effet les races supérieures ont un droit vis-à-vis des races inférieures... *(Rumeurs sur plusieurs bancs à l'extrême gauche.)*

M. Jules Maigne. Oh ! vous osez dire cela dans le pays où ont été proclamés les droits de l'homme !

M. de Guilloutet. C'est la justification de l'esclavage et de la traite des nègres !

M. Jules Ferry. Si l'honorable M. Maigne a raison, si la déclaration des droits de l'homme a été écrite pour les Noirs de l'Afrique équatoriale, alors de quel droit allez-vous leur imposer les échanges, les trafics ? Ils ne vous appellent pas ! *(Interruptions à l'extrême gauche et à droite. – Très bien ! très bien ! sur divers bancs à gauche.)*

M. Raoul Duval. Nous ne voulons pas les leur imposer ! C'est vous qui les leur imposez !

M. Jules Maigne. Proposer et imposer sont choses fort différentes !

M. Georges Périn. Vous ne pouvez pas cependant faire des échanges forcés !

M. Jules Ferry. Je répète qu'il y a pour les races supérieures un droit, parce qu'il y a un devoir pour elles. Elles ont le devoir de civiliser les races inférieures… *(Marques d'approbation sur les mêmes bancs à gauche – Nouvelles interruptions à l'extrême gauche et à droite.)*

M. Joseph Fabre. C'est excessif ! Vous aboutissez ainsi à l'abdication des principes de 1789 et de 1848… *(Bruit)*, à la consécration de la loi de grâce remplaçant la loi de justice.

M. Vernhes. Alors les missionnaires ont aussi leur droit ! Ne leur reprochez donc pas d'en user ! *(Bruit.)*

M. le président. N'interrompez pas, monsieur Vernhes !

M. Jules Ferry. Je dis que les races supérieures…

M. Vernhes. Protégez les missionnaires, alors ! *(Très bien ! à droite.)*

Voix à gauche. N'interrompez donc pas !

M. Jules Ferry. Je dis que les races supérieures ont des devoirs…

M. Vernhes. Allons donc !

M. Jules Ferry. Ces devoirs, messieurs, ont été souvent méconnus dans l'histoire des siècles précédents, et certainement, quand les soldats et les explorateurs espagnols introduisaient l'esclavage dans l'Amérique centrale, ils n'accomplissaient pas leur devoir d'hommes de race supérieure. *(Très bien ! très bien !)* Mais, de nos jours, je soutiens que les nations européennes s'acquittent avec largeur, avec grandeur et honnêteté, de ce devoir supérieur de civilisation.

M. Paul Bert. La France l'a toujours fait !

M. Jules Ferry. Est-ce que vous pouvez nier, est-ce que quelqu'un peut nier qu'il y a plus de justice, plus d'ordre matériel et moral, plus d'équité, plus de vertus sociales dans l'Afrique du Nord depuis que la France a fait sa conquête ? Quand nous sommes allés à Alger pour détruire la piraterie, et assurer la liberté du commerce dans la Méditerranée, est-ce que nous faisions œuvre de forbans, de conquérants, de dévastateurs ? Est-il possible de nier que, dans l'Inde, et malgré les épisodes douloureux qui se rencontrent dans l'histoire de cette conquête, il y a aujourd'hui infiniment plus de justice, plus de lumière, d'ordre, de vertus publiques et privées depuis la conquête anglaise qu'auparavant ?

M. Clemenceau. C'est très douteux !

M. Georges Périn. Rappelez-vous donc le discours de Burke !

M. Jules Ferry. Est-ce qu'il est possible de nier que ce soit une bonne fortune pour ces malheureuses populations de l'Afrique équatoriale de tomber sous le protectorat de la nation française ou de la nation anglaise ? Est-ce que notre premier devoir, la première règle que la France s'est imposée, que l'Angleterre a fait pénétrer dans le droit coutumier des nations européennes et que la conférence de Berlin vient de traduire le droit positif, en obligation sanctionnée par la signature de tous les gouvernements, n'est pas de combattre la traite des nègres, cet horrible trafic, et l'esclavage, cette infamie. *(Vives marques d'approbation sur divers bancs.)* […]

M. Jules Ferry. Voilà ce que j'ai à répondre à l'honorable M. Pelletan sur le second point qu'il a touché. Il est ensuite arrivé à un troisième, plus délicat, plus grave, et sur lequel je vous demande la permission de m'expliquer en toute franchise. C'est le côté politique de la question. […]

Messieurs, dans l'Europe telle qu'elle est faite, dans cette concurrence de tant de rivaux que nous voyons grandir autour de nous, les uns par les perfectionnements militaires ou maritimes, les autres par le développement prodigieux d'une population incessamment croissante ; dans une Europe, ou plutôt dans un univers ainsi fait, la politique de recueillement ou d'abstention, c'est tout simplement le grand chemin de la décadence !

Les nations, au temps où nous sommes, ne sont grandes que par l'activité qu'elles développent ; ce n'est pas « par le rayonnement des institutions »... *(Interruptions à gauche el à droite)* qu'elles sont grandes, à l'heure qu'il est.

M. Paul de Cassagnac. Nous nous en souviendrons, c'est l'apologie de la guerre !

M. de Baudry d'Asson. Très bien ! la République, c'est la guerre. Nous ferons imprimer votre discours à nos frais et nous le répandrons dans toutes les communes de nos circonscriptions.

M. Jules Ferry. Rayonner sans agir, sans se mêler aux affaires du monde, en se tenant à l'écart de toutes les combinaisons européennes, en regardant comme un piège, comme une aventure, toute expansion vers l'Afrique ou vers l'Orient, vivre de cette sorte, pour une grande nation, croyez-le bien, c'est abdiquer, et dans un temps plus court que vous ne pouvez le croire, c'est descendre du premier rang au troisième ou au quatrième. *(Nouvelles interruptions sur les mêmes bancs. – Très bien ! très bien ! au centre.)* Je ne puis pas, messieurs, et personne, j'imagine, ne peut envisager une pareille destinée pour notre pays.

Il faut que notre pays se mette en mesure de faire ce que font tous les autres, et, puisque la politique d'expansion coloniale est le mobile général qui emporte à l'heure qu'il est toutes les puissances européennes, il faut qu'il en prenne son parti, autrement il arrivera... oh ! pas à nous qui ne verrons pas ces choses, mais à nos fils et à nos petits-fils ! il arrivera ce qui est advenu à d'autres nations qui ont joué un très grand rôle il y a trois siècles, et qui se trouvent aujourd'hui, quelque puissantes, quelque grandes qu'elles aient été descendues au troisième ou au quatrième rang. *(Interruptions.)*

Aujourd'hui la question est très bien posée : le rejet des crédits qui vous sont soumis, c'est la politique d'abdication proclamée et décidée. *(Non ! non !)* Je sais bien que vous ne la voterez pas, cette politique, je sais très bien aussi que la France vous applaudira de ne pas l'avoir votée ; le corps électoral devant lequel vous allez rendre n'est pas plus que nous partisan de la politique de l'abdication ; allez bravement devant lui, dites-lui ce que vous avez fait, ne plaidez pas les circonstances atténuantes ! *(Exclamations à droite et à l'extrême gauche. – Applaudissements à gauche et au centre.)*... dites que vous avez voulu une France grande en toutes choses…

Un membre. Pas par la conquête !

M. Jules Ferry… grande par les arts de la paix, comme par la politique coloniale, dites cela au corps électoral, et il vous comprendra.

M. Raoul Duval. Le pays, vous l'avez conduit à la défaite et à la banqueroute.

M. Jules Ferry. Quant à moi, je comprends à merveille que les partis monarchiques s'indignent de voir la République française suivre une politique qui ne se renferme pas dans cet idéal de modestie, de réserve, et, si vous me permettez l'expression, de pot-au-feu… *(Interruptions et rires à droite)* que les représentants des monarchies déchues voudraient imposer à la France. *(Applaudissements au centre.)*

M. le baron Dufour. C'est un langage de maître d'hôtel que vous tenez là.

M. Paul de Cassagnac. Les électeurs préfèrent le pot-au-feu au pain que vous leur avez donné pendant le siège, sachez-le bien !

M. Jules Ferry. Je connais votre langage, j'ai lu vos journaux… Oh ! l'on ne se cache pas pour nous le dire, on ne nous le dissimule pas : les partisans des monarchies déchues estiment qu'une politique grande, ayant de la suite, qu'une politique capable de vastes desseins et de grandes pensées, est l'apanage de la monarchie, que le gouvernement démocratique, au contraire, est un gouvernement qui rabaisse toutes choses…

M. de Baudry d'Asson. C'est très vrai !

M. Jules Ferry. Eh bien, lorsque les républicains sont arrivés aux affaires, en 1879, lorsque le parti républicain a pris dans toute sa liberté le gouvernement et la responsabilité des affaires publiques, il a tenu à donner un démenti à cette lugubre prophétie, et il a montré, dans tout ce qu'il a entrepris…

M. de Saint-Martin. Le résultat en est beau !

M. Calla. Le déficit et la faillite !

M. Jules Ferry… aussi bien dans les travaux publics et dans la construction des écoles… *(Applaudissements au centre et à gauche)*, que dans sa politique d'extension coloniale, qu'il avait le sentiment de la grandeur de la France. *(Nouveaux applaudissements au centre et à gauche.)*

Il a montré qu'il comprenait bien qu'on ne pouvait pas proposer à la France un idéal politique conforme à celui de nations comme la libre Belgique et comme la Suisse républicaine, qu'il faut autre chose à la France : qu'elle ne peut pas être seulement un pays libre, qu'elle doit aussi être un grand pays exerçant sur les destinées de l'Europe toute l'influence qui lui appartient, qu'elle doit répandre cette influence sur le monde, et porter partout où elle le peut sa langue, ses mœurs, son drapeau, ses armes, son génie. *(Applaudissements au centre et à gauche.)*

Quand vous direz cela au pays, messieurs, comme c'est l'ensemble de cette œuvre, comme c'est la grandeur de cette conception qu'on attaque, comme c'est toujours le même procès qu'on instruit contre vous, aussi bien quand il s'agit d'écoles et de travaux publics que quand il s'agit de politique coloniale, quand vous direz à vos électeurs : « Voilà ce que nous avons voulu faire » soyez tranquilles, vos électeurs vous entendront, et le pays sera avec vous, car la France n'a jamais tenu rigueur à ceux qui ont voulu sa grandeur matérielle, morale et intellectuelle *(Bravos prolongés à gauche et au centre. – Double salve d'applaudissements – L'orateur en retournant à son banc reçoit les félicitations de ses collègues.)*

Chronologie*

5 avril 1832 : Naissance à Saint-Dié dans une famille vosgienne aisée, républicaine et laïque.

1869 : Avocat, journaliste et polémiste, Jules Ferry est élu député républicain à Paris.

16 novembre 1870 : Il est nommé maire de Paris pendant le siège de la ville par les Prussiens. Il fuit la capitale dans les premiers jours de la Commune.

1871 : Adversaire des communards, il est élu député des Vosges à l'Assemblée nationale.

Septembre 1880-novembre 1881 : Président du Conseil, il bataille pour l'école primaire gratuite.

1882 : Ministre de l'Instruction, il continue son combat pour l'école publique obligatoire et laïque, il développe les écoles normales d'instituteurs et crée des lycées pour les jeunes filles.

Février 1883-mars 1885 : À nouveau président du Conseil, il est renversé suite à une vive opposition à la conquête du Tonkin. Mais la colonisation est

---

* Les événements historiques sont présentés en italiques.

en marche : outre l'Annam et le Tonkin, elle a démarré au Congo, au Soudan et à Madagascar.

28 juillet 1885 : Redevenu simple député, il prend position pour le financement d'une expédition à Madagascar.

1887 : *Création d'une Union indochinoise qui regroupe le Cambodge, l'Annam, le Tonkin et la Cochinchine. Le Laos rejoint cet ensemble en 1893.*

17 mars 1893 : Il meurt d'une crise cardiaque. La République veut lui organiser des funérailles nationales, sa famille refuse.

1895 : *Création de l'Afrique occidentale française. Elle comprend le Sénégal, la Mauritanie, le Soudan, la Haute-Volta (aujourd'hui le Burkina Faso), la Guinée française, le Niger, la Côte-d'Ivoire et le Dahomey (aujourd'hui le Bénin). La capitale de cette fédération est Dakar.*

1900 : *Formation d'une armée coloniale de métier.*

1910 : *Création de l'Afrique équatoriale française avec le Gabon, le Moyen-Congo (aujourd'hui la République du Congo), Oubangui-Chari (aujourd'hui la République centrafricaine) et le Tchad.*

LES GRANDS DISCOURS

« Elles sont 300 000 chaque année »
Discours de SIMONE VEIL pour le droit à l'avortement,
26 novembre 1974
suivi de **« Accéder à la maternité volontaire »**
Discours de LUCIEN NEUWIRTH, 1er juillet 1967

« Lançons la liberté dans les colonies »
Discours de G. J. DANTON et L. DUFAY, 4 février 1794
suivi de **« La France est un arbre vivant »**
Discours de LÉOPOLD SÉDAR SENGHOR, 29 janvier 1957
et de **« La traite et l'esclavage sont un crime
contre l'humanité »**
Discours de CHRISTINE TAUBIRA-DELANNON,
18 février 1999

« I have a dream »
Discours de MARTIN LUTHER KING, 28 août 1963
suivi de **La Nation et la race**
Conférence d'ERNEST RENAN, 11 mars 1882
Édition bilingue

« Yes we can »
Discours de BARACK OBAMA, 8 janvier 2008
suivi de **« Nous surmonterons nos difficultés »**
Discours de FRANKLIN D. ROOSEVELT, 4 mars 1933
Édition bilingue

« Du sang, de la sueur et des larmes »
Discours de WINSTON CHURCHILL, 13 mai et 18 juin 1940
suivi de **L'Appel du 18 juin**
Discours du GÉNÉRAL DE GAULLE, 18 et 22 juin 1940
Édition bilingue

« Le mal ne se maintient que par la violence ».
Discours du MAHATMA GANDHI, 23 mars 1922
suivi de **« La vérité est la seule arme
dont nous disposons »**
Discours du DALAÏ LAMA, 10 décembre 1989
Édition bilingue

**«|Demain vous voterez l'abolition
de la peine de mort »**
Discours de ROBERT BADINTER, 17 septembre 1981
suivi de **« Je crois qu'il y a lieu de recourir à la peine
exemplaire »**
Discours de MAURICE BARRÈS, 3 juillet 1908

« Vous frappez à tort et à travers »
Discours de FRANÇOIS MITTERRAND et MICHEL ROCARD,
29 avril 1970
suivi de **« L'insécurité est la première des inégalités »**
Discours de NICOLAS SARKOZY, 18 mars 2009

« La paix a ses chances »
Discours d'ITZHAK RABIN, 4 novembre 1995
suivi de **« Nous proclamons la création d'un État juif »**
Discours de DAVID BEN GOURION, 14 mai 1948
et de **« La Palestine est le pays natal
du peuple palestinien »**
Discours de YASSER ARAFAT, 15 novembre 1988
Édition bilingue

« Entre ici, Jean Moulin »
Discours d'ANDRÉ MALRAUX en hommage à Jean Moulin,
19 décembre 1964
suivi de **« Vous ne serez pas morts en vain ! »**
Appels de THOMAS MANN sur les ondes de la BBC,
mars 1941 et juin 1943
Édition bilingue.

RÉALISATION : NORD COMPO À VILLENEUVE-D'ASCQ
IMPRESSION : CPI BRODARD ET TAUPIN À LA FLÈCHE
DÉPÔT LÉGAL : SEPTEMBRE 2010. N° 103164-3. (3003495)
IMPRIMÉ EN FRANCE

Éditions Points

Le catalogue complet de nos collections est sur
Le Cercle Points, ainsi que des interviews de vos
auteurs préférés, des jeux-concours, des conseils
de lecture, des extraits en avant-première…

www.lecerclepoints.com